# GREDIN DE SAPEUR

## VAUDEVILLE EN UN ACTE

PAR

MM. Édouard HERMIL et Alfred AUBERT

*Représenté pour la première fois à Paris, sur le Théâtre
de l'Athénée-Comique, le 26 avril 1880*

PRIX : 1 FRANC

## PARIS

TRESSE, ÉDITEUR

GALERIE DU THÉATRE-FRANÇAIS

PALAIS-ROYAL

MDCCCLXXX

Tous droits réservés

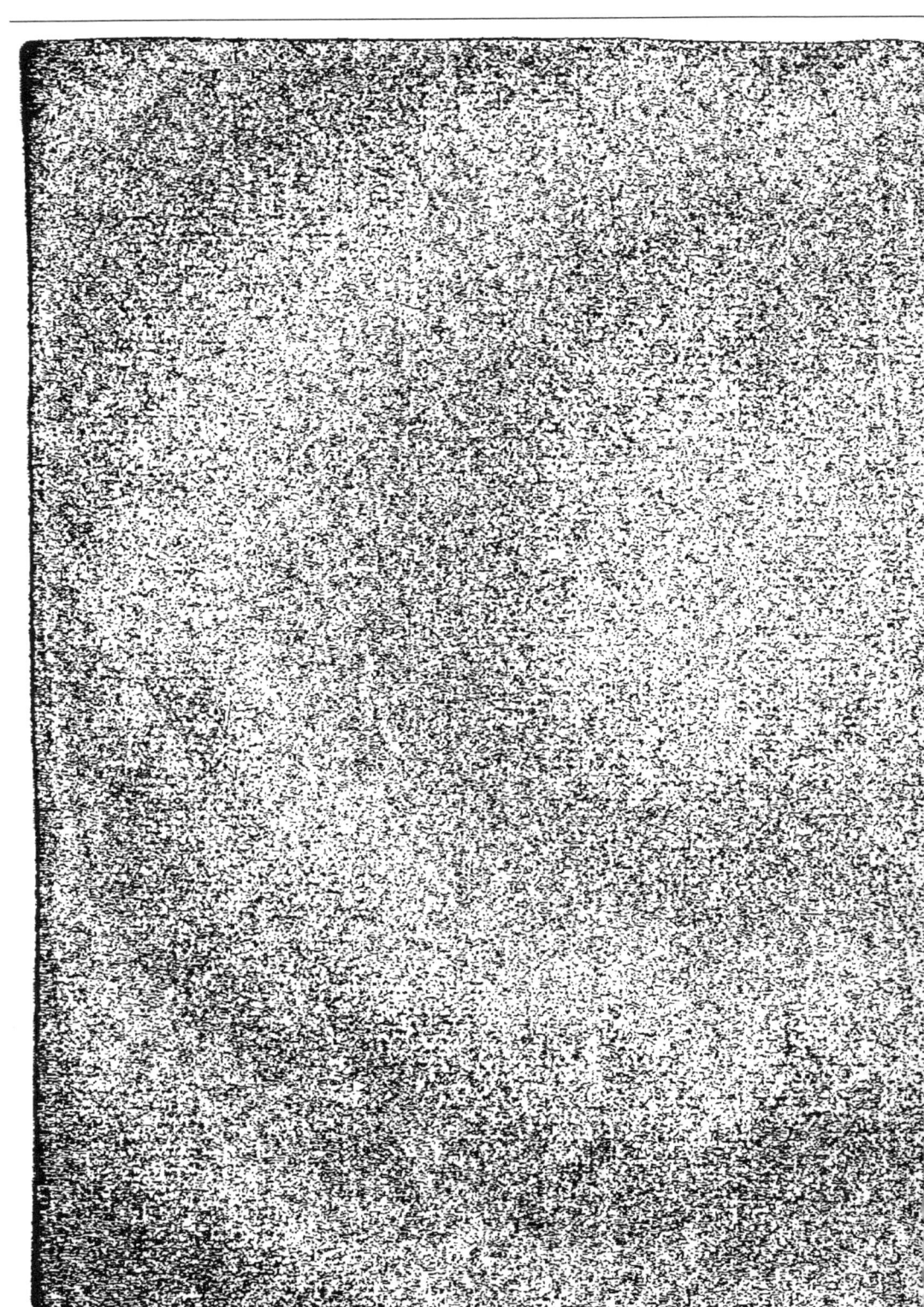

# GREDIN DE SAPEUR

# GREDIN DE SAPEUR

## VAUDEVILLE EN UN ACTE

PAR

MM. Édouard HERMIL et Alfred AUBERT.

*Représenté pour la première fois à Paris, sur le Théâtre
de l'Athénée-Comique, le 26 avril 1880.*

## PARIS
### TRESSE, ÉDITEUR
### GALERIE DU THÉATRE-FRANÇAIS
PALAIS-ROYAL

MDCCCLXXX

# PERSONNAGES.

---

EUSÈBE, sapeur. . . . . . . . . . . MM. DUHAMEL.

JUSTINIEN, maître d'hôtel. . . . . . V. GAY.

ANATOLE, son cousin, réserviste. . . DONVAL.

CATHERINE, bonne de Justinien. . . M^mes BLANCHE DELAUNAY.

LÉOCADIE, femme de Justinien . . . B. D'ALBE.

# GREDIN DE SAPEUR.

Le théâtre représente une salle à manger. Au fond, au milieu, la porte d'entrée. A droite, buffet ; à gauche, porte de la chambre de Justinien. Côté droit, 1ᵉʳ plan, porte de la chambre de Catherine ; 2ᵉ plan, porte de la chambre de Léocadie. Coté gauche, 1ᵉʳ plan, porte donnant accès dans un cabinet ; 2ᵉ plan, porte de la chambre d'Anatole. Au milieu de la scène, une table ronde, chaises, etc...

## SCÈNE I

### EUSÈBE, CATHERINE.

Au lever du rideau, Eusèbe est en train de dîner sur la table, qui est disposée à cet effet. Catherine le sert.

#### EUSÈBE.

C'est tout de même agriable de trinquer z'avec sa dulcinée... à la vôtre, Catherine !

#### CATHERINE.

A la vôtre, monsieur Eusèbe !...

#### EUSÈBE.

Il nous est bien permis de nous offrir quelques aliments et de les mouiller d'un vin généreux.

CATHERINE.

D'autant plus que les bons vins ne manquent pas ici ; parce qu'il faut vous dire que mon bourgeois est maître d'hôtel dans un grand restaurant... et alors, vous comprenez...

EUSÈBE.

Je saisis... il y a de la gratte... et de loin z'en loin, de temps-t-à-autre, il escamote une bonne bouteille de vin, et il la transporte dans son intérieur, à seule fin de s'envoyer du velours dans le sien, d'intérieur.

CATHERINE, lui versant.

Nous pouvons donc nous en offrir à notre aise ; d'autant plus que nous ne serons pas dérangés.

EUSÈBE.

Compris !... les patrons, ils sont z'absents.

CATHERINE.

Monsieur est de corvée cette nuit, pour un grand souper, et, quant à madame, elle en a profité, pour aller au café concert avec monsieur Anatole.

EUSÈBE.

Qu'est-ce que c'est que ça, môssieu Natole ?

CATHERINE.

C'est le cousin de madame... un grand cousin d'Ile-et-Vilaine.

EUSÈBE.

Mais paraîtrait qu'*il n'est pas si vilaine* que ça... (riant) C'est z'un calembour !...

CATHERINE.

Il est réserviste... il fait ses vingt huit jours à Paris, et monsieur l'héberge !...

EUSÈBE.

L'imprudent ! il réchauffe dans son sein le serpent qui vent z'offrir la pomme à son épouse,.. il y a des exemples de ça dans l'antiquité...

CATHERINE.

Mais vous ne mangez pas ! monsieur Eusèbe, mangez donc !

EUSÈBE.

Vous me bourrez de procédés, et il faudrait que je soye un bien peu de chose pour être insensible à vos égards à mon égard.

CATHERINE, lui versant à boire.

Vous ne buvez pas.

EUSÈBE, buvant.

C'est z'une erreur.

CATHERINE.

N'est-ce pas qu'il est bon le vin du bourgeois ?

EUSÈBE.

Il est z'à couper z'au couteau, ce qui est rare chez un liquide... Mais passez-moi donc z'un peu de salade, pour finir mon veau...

CATHERINE, la lui passant.

Ah ! je serais bien heureuse, si j'étais sûre que vous m'aimiez.

EUSÈBE.

Mais, je vous idolâtre, enfant que tu es ! Si je venais ici gobichonner sans amour, je serais donc un fils de marbre !

### CATHERINE.

Comme il s'exprime bien !

### EUSÈBE.

Passez-moi donc z'un peu de veau, pour achever ma salade... Je sais bien qu'il y a z'un proverbe qui dit que le veau z'et la salade, ça fait du mal à c't'enfant ; mais ça fait bigrement de bien à ce troupier.

### CATHERINE.

Buvez donc ! votre verre est toujours vide.

### EUSÈBE.

Je connais ma civilité, Catherine... il est z'impoli de laisser son verre plein... c'est pourquoi que je l'ingrugite au fur z'et à la mesure que vous le remplissez, et je le bois avec d'autant plus d'agrément que le vin c'est comme qui dirait le baume du cœur, et que celui qui boit bien, aime réciproxivement.

### CATHERINE, avec amour.

Oh ! alors, buvez toujours !...

### EUSÈBE.

Vous avez raison, Catherine... Inondez-moi de liquide, et mon amour débordera pour vous.

### COUPLET.

AIR : *Muse des bois.*

Verse toujours ; verse ma toute belle...
Tant plus je bois, tant plus j'suis amoureux !
C'te liqueur là, vois-tu, ma tourterelle,
A ton endroit n'fait qu'allumer mes feux ;
Car, comm'la dit z'un écrivain z'illustre,
Pour bien s'aimer, faut bien se rafraîchir ;
L'amour, c'est comm'qui dirait z'un arbustre...
Faut l'arroser, pour le faire grandir !
Arrosons le, pour le faire grandir !

CATHERINE émue.

Ah! M. Eusèbe, vous avez tort de me dire de ces choses là... me v'là toute bouleversée !

EUSÈBE.

Vous êtes émute... c'est bien... la sensiblerie, c'est le panache de votre sexe... Mais, sois tranquille, un jour z'ou l'autre, je vous z'offrirai ma main... Catherine vous serez troupière, je vous le promets (on sonne).

CATHERINE vivement.

On a sonné !

EUSÈBE.

Fectivement.

CATHERINE.

C'est peut-être Monsieur... ou Madame...

EUSÈBE.

A moins que ça soye Madame ou Monsieur... que faire ?

CATHERINE.

Il vaut vous cacher.

EUSÈBE.

Mais où ?

CATHERINE désignant la porte de gauche, premier plan.

Tenez, là !... Au fond du petit couloir, vous trouverez un cabinet.

EUSÈBE.

Mais... de quelle nature est-il, ce cabinet ?

CATHERINE.

N'importe... vite, dépêchez-vous.

EUSÈBE.

Puisqu'il le faut... Allons y ! (il entre dans le cabinet; on sonne de nouveau).

CATHERINE.

Voilà ! Voilà ! cachons les comestibles... (Elle fait un paquet de tout ce qui se trouve sur le guéridon, et va le placer dans le buffet. On sonne plus fort). Voilà, mon Dieu ! voilà ! (elle sort par le fond).

EUSÈBE paraissant à la porte de gauche.

Crelotte ! ça sent le renfermé là dedans... on dirait que... (on parle à la cantonade).

LÉOCADIE, en dehors.

Ça n'a pas le sens commun, de nous laisser ainsi à la porte.

EUSÈBE

Bigre ! du monde... battons en retraite (il disparait).


# SCÈNE II

## CATHERINE, LÉOCADIE, ANATOLE.


LÉOCADIE.

Ah çà ! vous étiez donc endormie ! Voilà une heure que nous sonnons.

CATHERINE, embarrassée.

Dame, Madame !

LÉOCADIE.

C'est bien... en voilà assez... Prenez mon châle, mon chapeau.

CATHERINE.

Oui, Madame (elle la débarrasse).

LÉOCADIE.

Faites donc attention... Êtes-vous maladroite !

ANATOLE, se rapprochant.

Si ma cousine veut me permettre !...

LÉOCADIE.

Merci, monsieur Anatole.

ANATOLE, à part.

Qu'elle est gentille, ma cousine !...

LÉOCADIE, à Catherine.

Portez tout cela dans ma chambre...

CATHERINE.

Oui, madame... (à part). Pauvre Eusèbe, va-t-il s'impatienter !... (Elle sort à droite, 2ᵉ plan).

# SCÈNE III

## LÉOCADIE, ANATOLE.

ANATOLE, à part.

Seul avec elle ! ô bonheur !

LÉOCADIE, à part.

Impossible de rester jusqu'à la fin du concert... on y chanlait des romances légères, et M. Anatole en profitait pour me tenir une conversation plus légère encore ; aussi, sommes-nous partis au milieu de la soirée ; nous avons pris un fiacre, et nous voilà !

ANATOLE.

Pardon cousine, mais avant d'aller clore la paupière, je voudrais vous dire combien je...

LÉOCADIE.

Il se fait tard, monsieur Anatole, bientôt minuit ; veuillez vous retirer... Si par hasard mon mari revenait, et qu'il nous trouve ensemble, il pourrait croire...

ANATOLE.

Puisqu'il est de corvée cette nuit...

LÉOCADIE.

C'est égal, je vous en prie... Justinien est très vif, et s'il nous surprenait...

ANATOLE.

Mais, madame, nous n'avons jamais franchi les limites de la bienséance.

LÉOCADIE.

C'est vrai.

ANATOLE, soupirant.

Malheureusement.

LÉOCADIE.

Monsieur Anatole !... Je vous le répète : retirez-vous ! Justinien est, vous le savez, d'une jalousie !...

ANATOLE.

Mais c'est donc un salpêtre que ce cher cousin ?

### LÉOCADIE.

Ah ! si vous le connaissiez ! Quand la passion le pousse, il est homme à ne pas reculer devant un crime.

### ANATOLE.

Un crime, bigre !

### LÉOCADIE.

Retirez-vous donc, je vous en prie.

### ANATOLE.

Allons, puisque vous l'exigez, je me retire... Mais il faut pourtant que je vous parle, madame, que je vous parle seul à seule.

### LÉOCADIE.

Silence ! si ma bonne vous entendait !

### ANATOLE.

Eh bien !... Écoutez-moi... Dans une heure, tout ici sera silence et mystère. Vous n'aurez plus rien à craindre ; seul, je veillerai, et, à travers l'obscurité, je me rendrai dans ce salon. Trouvez-vous y, et je...

### LÉOCADIE.

Mais monsieur !

### ANATOLE.

Oh ! n'allez pas croire... je suis incapable de vous manquer...

### CATHERINE, entrant.

Madame se couche-t-elle ?

### LÉOCADIE.

Oui, j'éprouve le besoin de prendre un peu de repos.

### ANATOLE, saluant.

Je me retire.

LÉOCADIE.

Catherine, venez m'aider.

CATHERINE.

Oui, madame.

ENSEMBLE

AIR : *La Poupée de Nuremberg.*

| LÉOCADIE. | ANATOLE. |
|---|---|
| Retirons-nous, et sans retard, | Retirons-nous, et sans retard, |
| Vite, rentrons, il se fait tard ; | Vite, rentrons, il se fait tard ; |
| Voudrait-il, ce jeune enjôleur, | Mais, dans un instant, ô bonheur ! |
| Jeter le trouble dans mon cœur ? | Ici, je vais ouvrir mon cœur. |

CATHERINE.

Ils se retirent sans retard ;
J'en suis aise, car il est tard,
Et je vais pouvoir, ô bonheur !
Délivrer l'objet de mon cœur.

(Ils disparaissent : Léocadie et Catherine à droite, Anatole à gauche.
Obscurité).

# SCÈNE IV

## EUSÈBE, puis JUSTINIEN.

EUSÈBE, sortant du cabinet.

Sapristi ! C'est tout de même vexant de rester z'enfermé dans cette hémisphère ! On dirait que mon nez a z'élu domicile dedans une boîte à tabac qui ne sort pas directement des contributions indirectes (il éternue). Dieu me bénisse !

JUSTINIEN, au dehors.

Satanée bougie, elle ne veut pas s'allumer !

EUSÈBE.

Encore quelqu'un !.. rencabinettons-nous (il entre dans le cabinet).

JUSTINIEN, il entre par le fond, en tenant une petite lanterne
de poche allumée ; il est en cuisinier. Clarté.

Ouf ! c'est moi, j'étais de corvée, cette nuit. Nous avions, à mon restaurant, un grand souper d'artistes et d'auteurs dramatiques... Le théâtre Taitbout fêtait une centième. La chaleur des fourneaux d'une part, la bruyante gaîté des convives de l'autre, m'avaient flanqué une migraine !.. Oh ! mais, une migraine !.. Je me dis : allons prendre l'air un instant, et je sors, pour humer un peu d'oxygène. J'étais en train de respirer à pleins poumons, quand, dans un fiacre qui passe, je crois reconnaître deux têtes : celle de Léocadie, ma femme, et celle du cousin Anatole... Dans la demi-obscurité, il me semble entrevoir une de ces deux têtes qui se penche vers l'autre ; or, je ne sais pas si vous êtes de mon avis, mais quand deux têtes, d'un sexe opposé, se penchent l'une vers l'autre, ce n'est généralement pas pour se mordre... et quand l'une de ces deux têtes appartient à la femme de celui qui les aperçoit... il a lieu de craindre pour la sienne !.. Je suis jaloux ! j'en conviens... Je me mets donc à courir après le fiacre... Ah ! bien oui, il filait comme le vent !.. On ne peut pas s'imaginer combien les fiacres filent vite, quand on court après eux ! Mais, me dis-je soudain, je n'ai qu'à rentrer chez moi... je verrai bien si mon épouse repose... si le cousin est là... si... si.. enfin, je serai renseigné... et me voilà !.. Certes, Léocadie est vertueuse.. J'en mettrais au feu la tête de tous mes marmitons !.. Mais c'est égal, quand on a une jeune femme, il faut veiller !.. Ah !.. cornes de bœuf !.. Si quelque papillon s'avisait de tourbillonner autour de ma fleur, j'aurais bientôt fait de lui couper les ailes, comme à une volaille (montrant le couteau qu'il porte à sa ceinture) : j'ai là ce qu'il faut pour cela. Mais non, tout me paraît tranquille ; et si ma petite femme dort, je ne peux pourtant pas la réveiller en sursaut ! Voyons, rentrons d'abord dans ma chambre à coucher. Allons dépouiller ce costume peu poétique, afin de me présenter à elle, enveloppé dans ma bonne robe de chambre de mari, et coiffé du classique foulard nocturne (il rentre dans sa chambre. Obscurité).

# SCÈNE V

### ANATOLE, puis CATHERINE, puis EUSÈBE.

ANATOLE, seul, rentrant de la gauche, 2ᵉ plan.

Impossible de rester en place. Il faut absolument que j'aie une entrevue avec ma cousine. Je lui ai bien glissé quelques mots, au concert; mais elle était absorbée par la musique, et elle a feint de ne pas m'entendre. Tout à l'heure, je lui ai demandé un rendez-vous, ici, et, au moment où elle allait me répondre, la bonne est entrée... Elle n'a donc pu dire ni oui, ni non... Je suis venu à tout hasard; mais viendra-t-elle?

CATHERINE, entrant à pas de loup par la droite, 2ᵉ plan.

Profitons de l'obscurité, pour délivrer mon pauvre Eusèbe.

ANATOLE.

Il me semble entendre un frôlement de robe... c'est elle, sans doute.

CATHERINE, se dirigeant vers le cabinet.

Comme il doit s'impatienter !

ANATOLE, à demi voix.

Est-ce vous ?

CATHERINE, à demi voix.

Oui... c'est moi !..

ANATOLE.

Oh ! merci !.. merci d'être venue !

CATHERINE.

Vous vous impatientiez ?

ANATOLE.

Non ! je pensais à vous !

CATHERINE, à part.

C'est un ange, cet homme là !

ANATOLE.

Ah ! si vous saviez combien je vous aime !

CATHERINE, remontant la scène.

Plus bas !.. si l'on vous entendait !

ANATOLE.

Oui... bas... tout bas... l'obscurité me donne du courage, et je puis enfin vous dire...

CATHERINE.

Le fait est qu'il fait bien noir... (elle traverse la scène).

ANATOLE, parlant dans le vide.

Oh ! mais n'importe !.. Il n'est pas besoin de clarté pour voir celle qu'on aime... Je vous aperçois avec le télescope de mon cœur !..

CATHERINE, du côté opposé.

Vous allez trop loin !

ANATOLE, revenant sur ses pas.

Mais, pour vous être agréable, ô mon idole, j'irais jusqu'au bout du monde !.. Et quels que soient les obstacles qui nous

●●●

séparent, je saurai les renverser tous (En disant ces mots, il se heurte contre la table, qu'il jette par terre).

LÉOCADIE, appelant au dehors.

Catherine !

ANATOLE.

Pas d'éclat !.. n'appelez pas !..

LÉOCADIE, en dehors.

Catherine !

CATHERINE, à part.

Madame m'appelle ; sauvons-nous !.. (elle sort par la droite, 2ᵉ plan).

EUSÈBE, à la porte ; il n'a pas sa coiffure.

Ce bruit intempespif! c'est sans doute ma dulcinée qui me serche.

ANATOLE, à part.

Je n'entends plus rien... elle ne peut pourtant pas m'avoir quitté aussi brusquement (haut). Êtes-vous encore là?..

EUSÈBE, bas.

Vous le savez bien que j'y suis toujours... même que je ne suis pas à mon aise ; j'ai bien envie de fuir.

ANATOLE.

Oh! pas encore, restez !.. restez !..

EUSÈBE, à part.

Décidément, elle a z'un fier z'hanneton pour moi.

ANATOLE.

Vous le savez ; mon âme a besoin de votre âme.

EUSÈBE, à part.

Qu'est-ce qu'elle veut z'en faire ?

ANATOLE.

Je souffre, allez !.. Ah ! je souffre bien !..

EUSÈBE, à part.

Elle souffre !.. elle va me dire de lui ôter son corset... (haut). Pas d'imprudence !.. Si le bourgeois allait venir !..

ANATOLE, à part.

Elle appelle son mari le bourgeois... Quelle délicatesse !..

EUSÈBE, à part.

Pour un béguin, c'est z'un béguin ! (haut). Voyons... il faut se séparer...

ANATOLE.

Oui... on pourrait nous surprendre !.. Du moins, je pars heureux, car j'emporte un gage d'amour.

EUSÈBE, à part.

En tient-elle !

ANATOLE.

Adieu !.. à demain !.. (ils s'envoient des baisers).

EUSÈBE.

A demain !... (Anatole sort à gauche, 2e plan).

EUSÈBE, seul.

C'est-à-dire que cette femme me gobe avec frénésie... Cette scène m'a z'ému, j'en ai chaud ! (portant la main à son front). Ah ! sapreluche ! et mon bonnet à poil !.. Je l'aurai laissé dans le cabinet, sur ce siége... ousque je me suis assis quelques instants... Allons le chercher... (il rentre à tâtons à gauche, 1er plan).

# SCÈNE VI.

## LÉOCADIE, puis EUSÈBE.

LÉOCADIE, entrant par la droite, deuxième plan.

Dieu ! quelle émotion ! je tremble comme la feuille ! J'ai renvoyé Catherine dans sa chambre. Anatole m'a dit : dans un instant, quand tout dormira, je me rendrai dans ce salon... Je n'ai répondu ni oui, ni non... J'aurais voulu ne pas venir ; mais je n'en ai pas eu le courage, et me voici ! Anatole ne peut manquer au rendez-vous... Que va-t-il me dire ?.. Ah ! je suis bien imprudente !

EUSÈBE, sortant de son cabinet ; il a son bonnet à poil.

Là ! me voilà coiffé !

LÉOCADIE, à part.

On vient de fermer une porte ; c'est lui sans doute (haut). Est-ce vous !

EUSÈBE.

Oui, (à part) tiens ! La vlà revenue !

LÉOCADIE.

Pourvu qu'on ne nous surprenne pas ensemble !

EUSÈBE.

C'est tout de même vexant de ne pouvoir se parler qu'en cachette.

LÉOCADIE.

Que voulez-vous ! c'est ma position qui l'exige.

EUSÈBE.

Le fait est que c'est quelquefois gênant, pour une femme, d'être bonne.

LÉOCADIE, à part.

Il me fait un reproche de ma bonté, l'ingrat !

EUSÈBE.

Ah ! si vous vouliez quitter le bourgeois !

LÉOCADIE, à part.

Que dit-il ? il voudrait me faire quitter mon mari ?

EUSÈBE.

Croyez-moi, ange adoré, faut lâcher le bonhomme.

LÉOCADIE, à part.

Le bonhomme ! Ah ! comme il traite Justinien !

EUSÈBE.

Et puis... un de perdu... deux de retrouvés.

LÉOCADIE, à part.

Quelle horreur !

EUSÈBE.

Voyons, donne-moi cette preuve d'amour avant de te quitter.

LÉOCADIE, à part.

Il me tutoie ! Dieu ! que l'obscurité rend les hommes entreprenants ! (Ils se prennent la main et s'embrassent. Bruit de baisers).

JUSTINIEN, en dehors.

Sapristi de sapristi !

LÉOCADIE, épouvantée,

Cette voix !

EUSÈBE.

Quelqu'un ! que le diable l'emporte !

LÉOCADIE.

Vite ! sauvez-vous !

EUSÈBE.

Où ?

LÉOCADIE.

Je vous en prie !

EUSÈBE, à part.

Allons, retranscabinettons-nous (Il entre à gauche, 1er plan).

LÉOCADIE.

Et moi... dans ma chambre ! (Elle rentre à droite, 2e plan).

JUSTINIEN, en dehors.

C'est désolant, ma parole d'honneur !


# SCÈNE VII

JUSTINIEN, PUIS CATHERINE, ANATOLE, EUSÈBE,
LÉOCADIE.


JUSTINIEN, sortant de sa chambre, toujours avec sa petite
lanterne. Lumière.

Où diable Catherine a-t-elle fourré mon foulard et ma robe
de chambre ? Impossible de mettre la main dessus ! Cette
fille est d'une négligence !... Ah ! voyons au porte manteau,
dans l'antichambre. (Il sort par le fond. Obscurité).

CATHERINE, paraissant à la porte de droite, 1er plan.

Je n'entends plus rien. C'est le moment de délivrer mon sapeur (Elle arrive en scène, à tâtons).

ANATOLE, entrant par la porte de sa chambre.

Elle est venue au rendez-vous ; donc, elle ne me repousse pas! si j'osais, j'irais... (même jeu).

EUSÈBE, sortant par la porte de gauche, premier plan.

Finalement, il faut que je me donne de l'air.

LÉOCADIE, sortant de sa chambre.

Pourvu que Justinien ne se doute de rien !

JUSTINIEN, en dehors.

Mille tonnerres! où sont donc mes effets?

TOUS, effrayés.

Quelqu'un ! Sauvons-nous! Oh !!

(En voulant fuir, ils se heurtent les uns contre les autres. Bousculade. — Ils disparaissent en se trompant de porte. Léocadie entre dans la chambre de Justinien, Anatole dans la chambre de Catherine, Eusèbe dans la chambre de Léocadie, Catherine sort par la porte de gauche, premier plan).

JUSTINIEN, rentrant vivement par le fond, toujours avec sa lanterne. — Clarté.

Il me semble avoir entendu du bruit dans ce salon. J'ai cru distinguer des voix, puis des pas. Tout à l'heure déjà, quand j'étais dans ma chambre, un certain heurtement de meubles... J'ai pensé que c'était à l'étage au-dessus... Mais, cette fois, je suis bien certain... (Il écoute attentivement). Et pourtant non, tout est calme, tout dort... je me serai trompé. Allons, allons! je suis fou de supposer que... Ah! dame !... C'est qu'on a vu quelquefois des femmes profiter de l'absence de leur mari pour... Oui, mais ce n'est pas la mienne qui..

Léocadie m'aime, et quand on aime, ce n'est pas comme quand on n'aime pas... Cependant, tout à l'heure, dans ce fiacre, j'ai bien cru reconnaître... mais non ; j'ai mal vu.. la nuit tous les... si elle me trompait pourtant ! Ah ! malheur à celui qui... J'ai là mon coutelas de service, mon fidèle Almanzor, et j'aurais bientôt fait de... voyons, voyons ! du calme... Je suis là à me monter la tête, avec un tas de bêtises, et je suis bien certain que Léocadie est en train de dormir paisiblement, du sommeil de l'innocence. Avec tout ça, je n'ai pas pu mettre la main sur mon foulard, ni sur ma robe de chambre... Ah ! ma foi, tant pis !... Je vais tout de même surprendre ma femme. Pauvre bichette ! Va-t-elle être heureuse de me voir rentrer aussi tôt !... Allons bien vite la retrouver. (Il se dirige vers la chambre de Léocadie, ouvre la porte et aperçoit Eusèbe). Cornes de bœuf ! Un troupier dans mon sanctuaire ! Sortez, monsieur, sortez !

EUSÈBE, sortant, à part.

Je suis pincé !

# SCÈNE VIII

## JUSTINIEN, EUSÈBE.

JUSTINIEN.

Veuillez m'expliquer comment il se fait que je vous trouve, à pareille heure, dans ma chambre nuptiale.

EUSÈBE, balbutiant.

Bourgeois, je vas vous dire... Voilà ce que c'est... c'est tout naturel... j'étais t'en face... pour lors... je suis sorti, vu que ça manquait d'air... et quand j'ai voulu me réintégrer, je m'ai trompé de numéro : au lieu de rentrer pour là-bas, je suis t'entré pour z'ici... voilà !

JUSTINIEN.

Tara ta, ta, pas de balivernes, militaire ! si vous me prenez pour un imbécille, vous vous trompez, et je ne me contente pas de pareilles explications.

EUSÈBE.

C'est pourtant la vérité pure.

JUSTINIEN.

La vérité, la voici : ou vous êtes un voleur...

EUSÈBE.

Bourgeois !

JUSTINIEN.

Où vous êtes un séducteur.

EUSÈBE, avec fatuité.

Séducteur... je ne dis pas.

JUSTINIEN.

Et il ose l'avouer, le sacripant !

EUSÈBE.

Les femmes, çà a toujours été, comme qui dirait, ma turlutaine.

JUSTINIEN.

Ainsi, tu conviens ?..

EUSÈBE.

Il me tutoie !

JUSTINIEN.

Tu ne cherches même pas à dissimuler ! Mais tu ignores donc que j'ai le droit, en te trouvant ici, chez moi, dans cette chambre, de me faire justice moi-même ?

EUSÈBE.

Bourgeois, vous avez une bonne figure ; vous devez être une bonne pâte d'homme, et vous ne voudriez pas massacrer une innocente victime !

JUSTINIEN.

Mais il me gouaille, le chenapan ! Attends un peu ; tu vas voir (l'examinant). Il n'a pas son coupe-choux ? non ! Tu vas avoir une conversation avec mon fidèle Almanzor.

EUSÈBE.

Où donc qu'il est z'Almanzor ?

JUSTINIEN, prenant son coutelas.

Le voici !

EUSÈBE.

Eh ! là bas !

JUSTINIEN.

Eh bien, misérable ! je vais te le passer au travers du corps.

EUSÈBE.

Pas de violence, je vous en prie, pas de violence !

JUSTINIEN.

A nous deux, gredin !... Je vais te tuer, ou tu vas être tué par moi ; à ton choix !

EUSÈBE.

Moi, je choisis ni l'un ni l'autre !

JUSTINIEN.

Tu ne sortiras pas d'ici vivant (poursuite autour du guéridon).

EUSÈBE.

Bourgeois ! bourgeois, pas de bêtises ! Mais c'est un anthropophage que ce pékin-là, c'est un cannibale, c'est un canaque !

JUSTINIEN.

C'est un homme outragé qui veut venger son honneur !

EUSÈBE.

Mais, puisqu'on vous dit...

JUSTINIEN.

Tu ne m'échapperas pas !

EUSÈBE.

Ah! fuyons!... (il sort par la porte du fond).

JUSTINIEN.

Attends! attends! je saurai bien te rattraper.
(Il sort à sa poursuite, tenant d'une main son coutelas, et de l'autre sa lanterne. Obscurité).

## SCÈNE IX

CATHERINE, puis EUSÈBE, puis JUSTINIEN.

CATHERINE, sortant par la porte de gauche.

Je suis toute bouleversée... Eusèbe n'est plus dans le... Il aura probablement découvert la porte du petit couloir, qui conduit dans l'antichambre, et il se sera enfui par là Quelle soirée, mon Dieu! (bruit au dehors). Du bruit! vite, rentrons dans ma chambre! (elle sort).

EUSÈBE, sortant par la porte de gauche, 1er plan. Il tient une veilleuse à la main.

Ouf!... c'est moi! Dans ma fuite, j'ai trouvé un petit couloir; je me suis enfilé dedans. Au bout du couloir, une porte;

je suis t'entré... et je l'ai refermée, pour casser le nez au bourgeois, qui me poursuivait toujours. Pour lors, ô hasard ! je m'ai retrouvé dans le même cabinet que tout à l'heure... J'ai pris cette veilleuse, qui était là, et maintenant que j'y vois clair, je vais m'ensauver ! Quelle affaire ! Oh ! mais quelle affaire ! c'est un vrai roman, ma parole d'honneur ! (en disant ces mots, il s'est dirigé vers la porte du fond. Apercevant Justinien au dehors). Sapreluche ! le bourgeois qui me guette ! il m'a z'aperçu !... Disparaissons... Ah ! par ici ! (il entre dans la chambre de Léocadie).

JUSTINIEN, entrant vivement par le fond, et désignant la porte de droite.

Il est entré là, le lâche ! Oh ! quelle idée ! fermons la porte à double tour (il ferme la porte). Çà y est... cette fois, je le tiens... il est sous clef... il ne peut plus m'échapper... Maintenant, je vais dire à Catherine de courir chez le commissaire de police... on viendra, on constatera le délit et, voleur ou séducteur, on lui fera son affaire... Dieu ! que j'ai mal à la tête !... Allons réveiller Catherine (il se dirige vers la chambre de Catherine, il ouvre la porte et se trouve en face d'Anatole).

# SCÈNE X.

### JUSTINIEN, ANATOLE, CATHERINE.

JUSTINIEN, appelant.

Catherine !... Catherine !... (Apercevant Anatole dans la chambre.) En voilà bien d'une autre, par exemple !... Anatole dans la chambre de Catherine ! Ah çà ! que signifie ?

ANATOLE, sortant de la chambre, très embarrassé.

Mais oui, je... je... c'est bien sans m'en douter que... croyez-le bien...

JUSTINIEN.

Il se passe quelque chose qui n'est pas naturel ; (allant à la porte) sortez, Catherine, sortez !

CATHERINE, sortant les yeux baissés ; elle tient une bougie allumée à la main.

Voilà monsieur.

JUSTINIEN.

Veuiliez m'expliquer, à votre tour, comment il se fait qu'Anatole se trouve enfermé avec vous dans...

CATHERINE.

Mon Dieu, monsieur .. Voici ce que c'est : monsieur Anatole est entré dans ma chambre...

ANATOLE.

Oui, je suis entré dans la chambre de Catherine...

CATHERINE.

Pour me demander...

ANATOLE.

Précisément... pour lui demander...

JUSTINIEN.

Assez ! je me doute de ce que vous alliez lui demander... Eh quoi ! Anatole, vous n'êtes pas honteux ! conter fleurette à une cámériste !

ANATOLE.

Mais, cher cousin, croyez bien que... (à part). Au fait, il vaut mieux qu'il suppose ça.

JUSTINIEN.

Et vous, mademoiselle, vous devriez rougir !

### CATHERINE.

C'est ce que je fais, monsieur!... (à part). Sacrifions-nous, pour ne pas compromettre madame.

### JUSTINIEN.

Ah ! fi ! fi !... Tenez, c'est honteux !

### ANATOLE.

Dame ! que, voulez-vous ? cousin... On fait ses vingt-huit jours, n'est-ce pas ?.. On cherche à se donner autant que possible des allures soldatesques... et, vous le savez, le soldat doit aimer la cuisinière... ça fait partie du service.

### JUSTINIEN.

Tout cela est bel et bien ! mais, autre chose : Il y a un instant, j'ai trouvé ici, dans mes Lares, un troupier, un sapeur... comment m'expliquerez-vous le sapeur ?

### ANATOLE, étonné.

Un sapeur !

### CATHERINE, à part.

Il a découvert Eusèbe ! Que lui dire ?

### JUSTINIEN.

Ah ! ah ! vous vous taisez !

### ANATOLE.

Dame ! j'avoue que je ne sais....

### JUSTINIEN.

Voyons, Anatole, ce sapeur, quel est-il ? Est-ce un copain du régiment ?.. un camarade à vous ? Répondez.

ANATOLE.

Cette fois, cousin, je vous déclare que je ne sais absolument pas ce que vous voulez dire.

CATHERINE.

Eh bien ! ce sapeur... c'est... c'est mon amoureux !

JUSTINIEN.

Comment, votre amoureux ! mais, puisque Anatole....

CATHERINE.

Ah! oui, monsieur; mais le sapeur, c'est pour le bon motif.

JUSTINIEN.

Très bien !... vous en avez un pour le bon motif, et un pour le mauvais... vous cumulez... vous recélez dans tous les coins de mon appartement des amoureux de rechange... mais savez-vous bien, mademoiselle, que vous me rappelez, par vos débordements, la nommée Marguerite de Bourgogne, et que vous êtes tout simplement en train de transformer mon paisible intérieur en une petite tour de Nesle !

EUSÈBE, en dehors.

Bien dit, bourgeois, bien dit... vous avez raison !

ANATOLE.

Qu'est-ce que c'est que cela ?

CATHERINE.

Ah! mon Dieu ! Cette voix !....

JUSTINIEN.

Cette voix, c'est celle de votre sapeur, qui est là sous clef !

CATHERINE, attérée.

Eusèbe était là !

EUSÈBE, en dehors.

Ouvrez, bourgeois, ouvrez ! Je demande à faire des révélations.

JUSTINIEN.

Soit ! je t'ouvre, gredin (il ouvre la porte). Tu peux sortir. (A part.) Je vais peut-être apprendre du nouveau.


# SCÈNE XI

## LES MÊMES, EUSÈBE.


EUSÈBE, tenant toujours sa veilleuse.

Faites excuse, bourgeois ; je désirerais adresser quelques syllabes à cette femme.

JUSTINIEN.

Allez-y !...

CATHERINE.

Mon Dieu !... Que va-t-il me dire ?

EUSÈBE, avec dignité.

Mademoiselle Catherine, vous êtes désormais, pour moi, une cuisinière de la troisième catégorie. Je vous écrase de mon indifférence.

CATHERINE.

Monsieur Eusèbe !

EUSÈBE.

Pendant que vous me bourriez de procédés et de veau froid, vous conserviez la chaleur de votre sentiment pour un autre !

Dans quel siècle que nous vivons donc, au jour d'aujour-
d'hui, pour qu'une femme puisse préférer à un sapeur un
freluquet comme mossieu Natole !!

ANATOLE, marchant sur lui.

Ah ! mais, dites donc, vous !

EUSÈBE.

Je suis à votre disposition !... Comme insulté j'ai le choix
des armes... je choisis l'hache !

ANATOLE.

Sapeur !

EUSÈBE.

De quoi !...

JUSTINIEN.

Un instant, messieurs ; un instant. Pas de querelles chez
moi !

CATHERINE, bas à Eusèbe.

Vous ne voyez donc pas que c'est une frime ?

EUSÈBE, idem.

Quoi donc ?

CATHERINE.

C'est pour sauver Madame. (Ils continuent à se parler bas).

JUSTINIEN.

Ah ça ! mais, au milieu de ce méli-mêlo, qu'est donc de-
venue ma femme ?

ANATOLE.

C'est juste ; je ne vois pas ma cousine.

JUSTINIEN, appelant.

Léocadie ! Léocadie !

# SCÈNE XII

## LES MÊMES, LÉOCADIE.

LÉOCADIE, sortant de la chambre de Justinien, avec une bougie.

Tu m'appelles, mon ami?

JUSTINIEN.

Tiens! tu étais là?

LÉOCADIE.

Mais oui, mon gros chien chéri. Je t'ai entendu parler; alors, je suis entrée dans ta chambre, où je t'attendais.

JUSTINIEN.

Vraiment poulette?

LÉOCADIE.

Mais comment se fait-il que vous soyez tous là, à pareille heure? Ah! mon Dieu!

TOUS.

Quoi donc?

LÉOCADIE.

Un sapeur!... Un sapeur... chez moi!

JUSTINIEN.

Écoute, mon lapin bleu, je vais te dire: c'est...

EUSÈBE à part.

J'ai z'une idée! (haut) Bourgeoise, c'est moi que je viens, de la part de nos supérieurs... apporter z'un ordre à M. Natole.

### TOUS

Que dit-il ?

### EUSÈBE

Voici ce que c'est... il lui est désormais défendu de loger z'en ville... vu que ça fait des jalousetés, et il doit subséquemment rentrer z'immédiatement z'à la caserne, comme les camaraux !

### ANATOLE à part.

Ah ! le traître !

### LÉOCADIE, à part.

Eh bien, j'aime mieux ça.

### JUSTINIEN, bas à Eusèbe.

Qu'est-ce que vous venez de nous conter là, sapeur?

### EUSÈBE idem.

Croyez-moi, bourgeois ; ne réchauffez pas, dans votre intérieur, ce séducteur... c'est dangereux.

### JUSTINIEN.

Hein?

### EUSÈBE avec malice.

Dangereux pour moi, à cause de Catherine.

### JUSTINIEN riant.

Ah ! je comprends... Il est très malin ce sapeur !

### CATHERINE, bas à Eusèbe.

Venez demain ; je vous expliquerai tout...

### EUSÈBE idem.

Soit ! Mais, gardez-moi du veau. (haut) Messieurs, Mesdames et la Compagnie !...

EUSÈBE.

AIR : *Le Jaloux malade* (Doche).

Bonsoir, messieurs, la Compagnie :
Je fil, ça n'est pas régalant
De planter là sa bonne amie,
Pour rentrer au casernement.
Il faut défiler la parade,
Puisqu'on m'flanque à la porte, ce soir.
Je reviendrai boire rasade,
Demain.

(Au public).

J'espère vous revoir (*bis*).

FIN

Imprimerie A. DERENNE, Mayenne. — Paris, boulevard Saint-Michel, 52.

Imprimerie A. DERENNE, Mayenne. — Paris, boulevard Saint-Michel, 93.